Zapatos y botas

Lada Josefa Kratky

D0584203

NATIONAL GEOGRAPHIC LEARNING | CENGAGE Learning®

Donde yo vivo hay poco sol. Estas botas me sirven a mí.

Y estas botas

me sirven a mí.

Donde yo vivo
hay bastante sol.
¡Yo no uso zapatos!

¡Y yo tampoco!

Yo nada más uso botas.

Las botas me sirven a mí.

Y estas botas

me sirven a mí.

Estos zapatos
me sirven a mí.
¡Los uso todos los días!